Ella no quiere los gusanos

Un misterio

Escrito por Karl Beckstrand
Ilustrado por David Hollenbach

Ella no quiere los gusanos
She Doesn't Want the Worms

Spanish vowels have one sound each: *a = ah e = eh i = ee o = oh u = oo*. Every vowel should be pronounced (except for the *u* after a *q* [*que* is pronounced *keh*]). In Spanish, the letter *j* is pronounced as an English *h* (and the letter *h* is silent), *ll* sounds like a *y* (or a *j* in some countries), and *ñ* has an *ny* sound (*año* sounds like *ah-nyo*).

Spanish nouns are masculine or feminine and are usually preceded by an article: *la* = feminine *the*; *el* = masculine *the*; *una* = feminine *a* or *one*; *un* = masculine *a* or *one*. Articles (and -s/-es after nouns) reflect plural: *las* = plural feminine *the*; *los* = plural masculine *the*; *unas* = feminine *some*; *unos* = masculine *some*. In Spanish, the accent is generally on the first or second syllable of simple words. Words with four or more syllables often have the accent on the third syllable. Variations occur with conjugation. If there's an accent mark—follow that!

Premio Publishing & Gozo Books, LLC   Text Copyright © 2011 Karl Beckstrand
Midvale, UT, USA   Illustration Copyright © 2011 David Hollenbach
ISBN: 978-0-9776065-7-3   JNF020030

Get this book in English-only, Spanish-only, and e-book versions. Pida este libro como e-book, o únicamente en español o ingles: Gozobooks.com. Discounts available for fundraising, bulk, school, and charitable donation orders.

Descuentos para pedidos en volumen y para organizaciones educativas o caritativas:

Libros online GRATIS

FREE online books & more: **Premiobooks.com**

Ella no quiere a los gusanos, no señor. Ella dice que le hacen moverse mucho.

(¡Cuenta cada bicho!)

Las arañas, a ella, no le gustan.
Piensa que tonta
risa le causarán.

Que no, que no tocará,
ni asirá el abejorro
que le di.

Odia la mosca
(pero la tolera  al igual que
la agria vecina chismosa.)

En los baldes
caracoles,
las coletas le
sacuden a disgusto
de su gusto.

El escarabajo se va,
denota su nariz arrugada.
El alacrán
la manda a pasear.

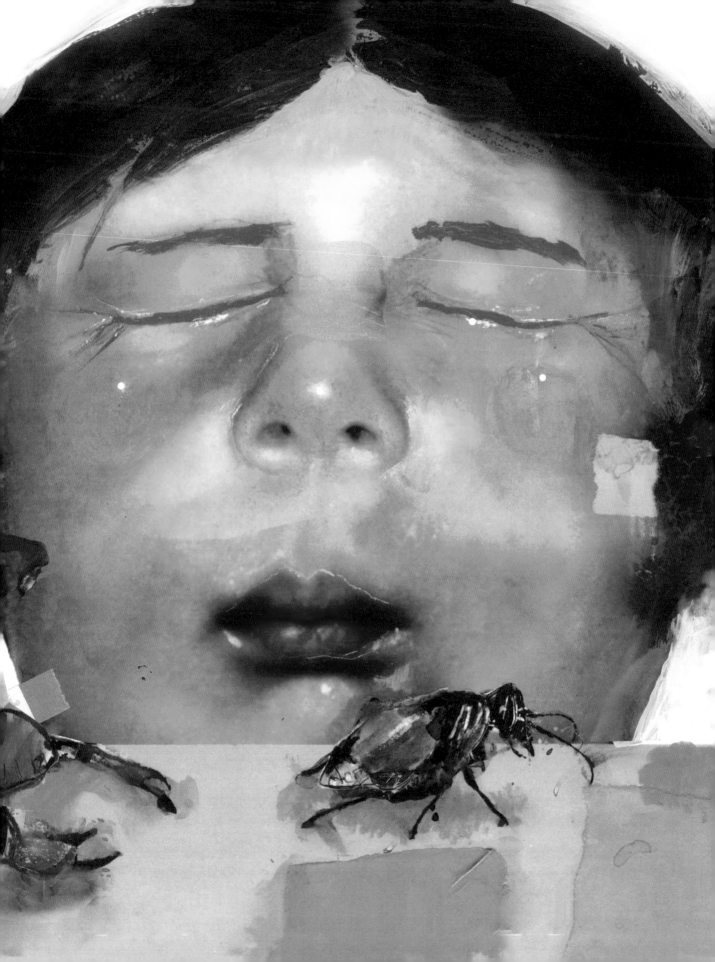

De la serpiente, el encanto,
la elude. Las salamandras
la silencian.
De su agrado, los renacuajos
no son.

Más bonita, la cucaracha podría ser.

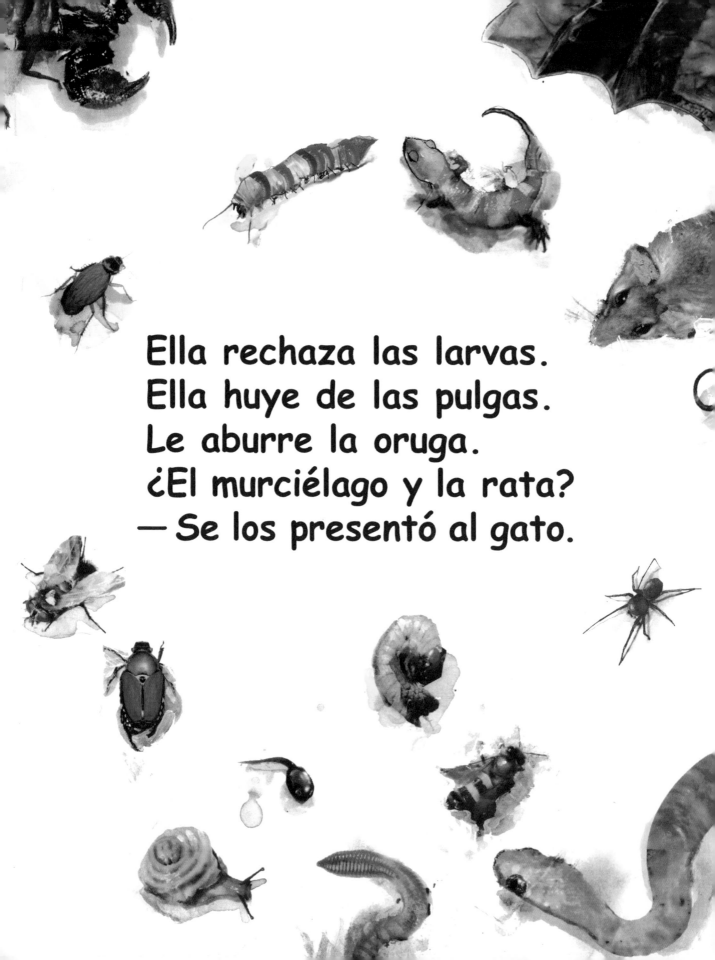

Ella rechaza las larvas.
Ella huye de las pulgas.
Le aburre la oruga.
¿El murciélago y la rata?
— Se los presentó al gato.

Las babosas, solo la ignoran.

La mantis religiosa la paraliza.
Horripilante el ciempiés es.
La polilla se equivocó de
casa. Los grillos sueño,
sueño de verdad,
le dan.

A ella le gusta
la danza de las
ocupadas hormigas
a través del
bebedero
de los colibrí.

Pero el sapo,
con su nódulo,
hizo que ella
a la fuga
se diera.

¿Comida – en este libro? Hay pistas en Premiobooks.com.

Para comer...
¡Tan meticulosa es!

Made in the USA
Charleston, SC
11 December 2011